PYGMALION

DU MÊME AUTEUR

Les jeunes Croyances. 1 vol. in-18 jésus. . . . 3 fr

Les Rébellions. Les Apaisements. — 1 vol. in-18 jésus. . . . . 3 fr.

(Achevé d'imprimer dès le mois de juillet 1870, ce volume n'a pu paraître qu'en août 1871.)

Au Clair de la Lune. — Comédie en un acte, en vers. . . . . 1 fr.

Pour paraître prochainement :

LE FLEUVE DE SANG

1 vol. in-18.

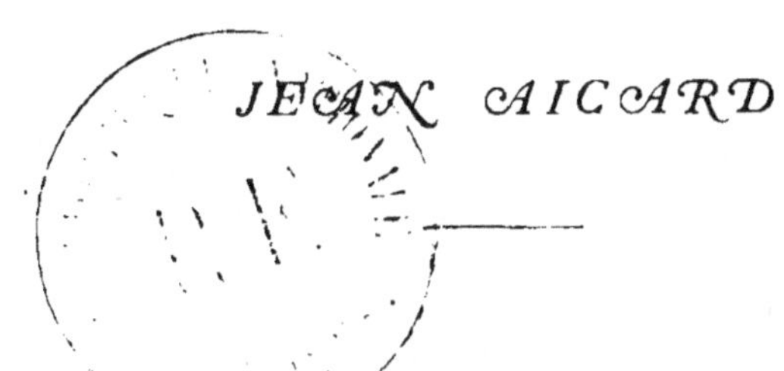

JEAN AICARD

PYGMALION

POËME DRAMATIQUE EN UN ACTE

PARIS

ALPHONSE LEMERRE, ÉDITEUR

47, PASSAGE CHOISEUL, 47

1872

AU LECTEUR

Ces vers sont ce qu'ils sont : et je pourrais moi-même
Te dire tel passage où ma main a tremblé,
Lecteur ; mais il tremblait aussi, mon cœur troublé,
Lorsque, une nuit d'été, j'écrivis ce poëme.

Lequel vaut mieux, la vie ou l'art ?... ô vieux problème !
O combat ancien que j'ai renouvelé !...
Je conclus simplement qu'un soir il m'a semblé
Que rien ne vaut la lèvre ardente qui dit : j'aime !

Songe bien que ces vers furent d'abord chantés
Dans les pins odorants, près des flots argentés,
Sous un ciel tout pareil au ciel chaud de la Grèce ;

Que fixement deux yeux me hantaient, deux beaux yeux ;
Et ne vois en ce rêve où passe ma jeunesse
Qu'une aspiration vers la femme et les dieux.

Paris, 1872.

PERSONNAGES

Une Femme.

Un Statuaire.

Une Statue.

Un Serviteur.

Chœur invisible de jeunes paysannes.

Les costumes peuvent être de la Renaissance.

PYGMALION

Le théâtre représente un atelier de statuaire. Çà et là, en désordre, quelques outils. Des siéges. A droite, debout sur un piédestal bas, à demi-cachée sous un rideau bleu, une STATUE DE FEMME. A gauche, une porte fermée par une draperie; au fond, des arcades; au delà des arcades, la balustrade d'une petite terrasse; au delà encore, des collines, la mer, le ciel. C'est la fin du jour. — Au lever du rideau, la portière, à gauche, s'agite.

SCÈNE PREMIÈRE.

LA STATUE, LA FEMME, LE SERVITEUR.

LE SERVITEUR, *à la femme encore invisible.*

Non!... Mon maître défend qu'on passe cette porte!
Ce seuil m'est à moi-même interdit.

LA FEMME.

Eh! qu'importe!
J'entrerai, je le veux.

La femme apparaît.

LE SERVITEUR.

Dieux!

LA FEMME.

Surveille avec soin
Le retour de ton maître; aperçois-le de loin
Et reviens aussitôt m'avertir. Va, te dis-je.

LE SERVITEUR, à part.

J'obéis; malgré moi je fais ce qu'elle exige.

SCÈNE II.

LA FEMME, LA STATUE.

LA FEMME. Elle s'avance vivement vers la droite et, devant la STATUE, s'arrête; elle la contemple un moment en silence, puis :

Te voilà donc, statue, ô marbre froid et dur,
Debout dans ta beauté sous un rideau d'azur,
Ainsi qu'une déesse au fond d'un sanctuaire,

Dans un temple où peut seul entrer ton statuaire.

Un silence.

O souvenir poignant! quand tu n'étais encor
Qu'un bloc de marbre informe acheté pour de l'or,
Au sculpteur hésitant je servis de modèle...
Et c'est de ma beauté qu'il t'a faite si belle!
Hélas! quand il m'eut pris mon charme, à son insu,
Lorsque de mon amour secret, il eut reçu
La fièvre de créer son œuvre dans la joie,
Il me chassa bien loin de lui, comme on renvoie
Le valet qui n'est plus utile à la maison,...
Puis un immense orgueil égarant sa raison,
Le cœur palpitant d'aise et l'ivresse dans l'âme,
Il aima la statue au lieu d'aimer la femme!
Depuis ce temps, il est tombé comme un vaincu;
L'artiste meurt en lui, l'homme n'a plus vécu;
Il laisse, oisif et seul, s'éteindre son génie,
Faute de cet amour qui me brûle, et qu'il nie!

Tu souris, toi, pendant que je pleure sur lui,
Comme si tu pouvais comprendre mon ennui!...
Qu'es-tu donc pour oser lutter avec la femme,
Toi, corps vide d'esprit, regard vide de flamme!
Qu'es-tu, fragile corps? que pourrais-tu sur moi?
Rien!... Mon orgueil est juste et grandit près de toi!
Un seul de mes cheveux, un soupir de ma bouche,
Mon regard qui te voit ou ma main qui te touche,

Sont beaucoup plus que toi, froide immobilité!
Je peux, moi, le sais-tu? déformer ta beauté,
Briser d'un coup ces pieds, ces bras, ces mains, ce torse,
Ce front! — qui sont soumis au vouloir de ma force.

Exaltée, elle saisit un marteau.

Tiens! sous le marteau lourd, croule en mille débris!

Elle s'arrête au moment de frapper.

Mais non! reste debout;... assez tôt j'ai compris
Que j'allais me frapper dans ma beauté moi-même.
En t'aimant, malgré lui, c'est un peu moi qu'il aime!
Et puis, l'art est divin, l'art est grand! Après moi,
Après la vie en fleurs, les dieux, l'amour, la foi,
C'est toi le but sacré : tu marches la seconde,
Et nous berçons le rêve et la douleur du monde!
O chef-d'œuvre de l'art, sous la splendeur du jour,
Toutes deux avons droit à notre part d'amour;
Tu m'as ravi la mienne, et je te la réclame :
Tu garderas l'esprit; je veux le cœur et l'âme!

SCÈNE III.

LA STATUE, LA FEMME, LE SERVITEUR.

LE SERVITEUR.

Le maître est là; fuyez! J'ai peur; fuyez, fuyez!

Il sort.

LA FEMME, les yeux toujours fixés sur la STATUE.

Je vais le voir verser tout son cœur à tes pieds.

Elle se dissimule derrière un pli de draperie.

SCÈNE IV.

LA STATUE, LE STATUAIRE,
LA FEMME, cachée.

LE STATUAIRE. Il arrive, rêveur, un peu triste; il marche lentement vers la STATUE.

Immuable splendeur, ô sereine harmonie,
Ode en marbre éclatant que sculpta mon génie,
Fière déesse à qui je donne tant d'amour,
Pourquoi ne me rends-tu que froideur en retour?
Ton créateur pourtant veut être ton esclave,
Enchaîner son génie à ta grâce suave,
T'avoir pour seul triomphe et t'avoir pour seul bien;
La richesse n'est rien; la puissance n'est rien!
Et quand je te contemple ici, seul et sans gloire,
L'univers méprisé s'en va de ma mémoire!
Comme est belle ta tête! et beau le mouvement
De tes bras souverains arrondis doucement!
Comme ton sein pourrait vivre et bondir à l'aise!
A peine sur le sol si ton pied léger pèse,
Et le pli de ton voile, aux hanches retenu,
Trahit tous les secrets de ton corps chaste et nu!

Oh! si le sang du cœur soulevait ta poitrine,
Si je pouvais en toi souffler l'âme divine,
Quel éblouissement me ferait chanceler!
Si, plus léger encor, pouvait se desceller
Du marbre qui le tient ton pied, la grâce même!
Si je voyais ta bouche éclore et dire : « J'aime! »
Et si tu descendais vers moi, tendant les bras,
Lente et me souriant, oh!...

La femme paraît.

LA FEMME.

Ne blasphème pas!

LE STATUAIRE, *sans la voir.*

Ciel! qui donc a parlé! les dieux, les dieux eux-mêmes,
Ayant pris mes regrets pour autant de blasphèmes,
Les dieux m'ont-ils donné cet avertissement?
Non! les dieux sont muets autant que sourds, vraiment!
Quelqu'un doit être ici!

LA FEMME.

Moi! calme ta colère.

LE STATUAIRE.

C'est toi dans ma maison! toi! toi! qu'y viens-tu faire?

LA FEMME.

Calme donc ce courroux.

LE STATUAIRE.

Que veux-tu? Va-t'en, fuis!

LA FEMME.

Je ne m'en irai pas; tu sauras qui je suis.

LE STATUAIRE.

Je ne l'ignore point.

LA FEMME.

Tu te trompes toi-même :
Mon nom?

LE STATUAIRE.

Va-t'en.

LA FEMME.

Je suis une femme qui t'aime.

Le statuaire fait un geste de suprême ennui.

C'est tout ce que tu sais; l'oubli t'a pris mon nom;
Mais l'amour, sais-tu bien ce qu'est l'amour?

LE STATUAIRE.

Oui.

LA FEMME.

Non!

Non! tu ne sais donc pas qui je suis!

LE STATUAIRE.

Va-t'en, femme!

LA FEMME.

Eh bien! c'est moi la vie et l'amour, Psyché, l'âme!

LE STATUAIRE.

Je ne te connais point.

LA FEMME.

Donc, tu me connaîtras!

LE STATUAIRE.

J'ai mes dieux.

LA FEMME.

De faux dieux.

LE STATUAIRE.

Va-t'en!

LA FEMME.

Tu m'entendras!
J'ai pitié de l'erreur, et je te trouve à plaindre
D'aimer un être froid qui ne sait pas étreindre;
Un jour tu me chassas; je reviens aujourd'hui.
Quand l'homme fuit l'amour, l'amour s'attache à lui :
Me voici de nouveau, j'arrive et je m'impose :
Je veux lutter avec la beauté d'une chose!

LE STATUAIRE, regardant la STATUE.

Son triomphe est certain.

LA FEMME.

Tu le crois?

LE STATUAIRE.

Je le crois.

LA FEMME.

Eh bien! ouvre les yeux de ton esprit, et vois!

LE STATUAIRE.

Femme, va-t'en d'ici; va-t'en; tu perds ta peine;

Tes reproches sont vains et ta constance est vaine ;
J'ai, te dis-je, mes dieux, mon rêve, mon amour ;
D'espoir et de regrets j'ai mon lot chaque jour,
Si lourd qu'à le porter mon courage chancelle.
Regarde. J'ai créé cette forme immortelle.
Elle est à moi, de moi. Si tu peux, apprends-moi
Un espoir plus profond, un plus terrible effroi
Que ceux que j'ai sentis quand, la main sur la pierre,
Je recherchais au fond d'une ébauche première
Les seuls et vrais contours de ma divinité
Qui gisaient, incertains, dans le bloc tourmenté.
Mon amour et mes dieux, c'est l'art ; c'est elle encore.
Oui, je t'aime, Beauté !... Déesse, je t'adore !
N'est-ce pas toi la vie ? — Est-ce mon propre cœur,
Ou, quand tu jaillissais sous mon ciseau vainqueur,
N'ai-je pas entendu, sous ta mamelle gauche,
Un battement de cœur vague comme une ébauche
Et se gonfler ton sein d'insensibles soupirs ?
Oh ! c'est toi le seul but digne de mes désirs :
Tu ne trahis pas, toi, du moins ! L'être qui t'aime
Te retrouve toujours belle, toujours la même,
Immutable et debout, pure éternellement,
Et tu grandis celui qui devient ton amant !

LA FEMME.

Non ! car loin d'animer d'un feu nouveau ton âme,
Elle a de ton génie éteint l'ancienne flamme,

Et te voilà vaincu, faible, gisant, dompté,
Et replié sur toi dans ta stérilité.
Ah! tu te réjouis de n'avoir pour souffrance
Rien que ton vain regret et ta fausse espérance,
Imaginaire mal et factice douleur
Qui blessent ton esprit sans effleurer ton cœur!
Eh bien! sache-le donc, apprends-le de ma bouche,
Ton mal est volontaire et n'a rien qui me touche;
Il ne te grandit pas; un homme doit subir
Une grande souffrance au cœur s'il veut grandir!
Il faut, les yeux noyés de larmes, qu'il gémisse,
Qu'il emporte partout avec lui son supplice,
Et l'art sublime essuie alors avec sa main
Les pleurs jamais taris de ce malheur humain!

Tu n'es pas le premier dans ce vieux monde (écoute!)
Qui sur tant de chemins se soit trompé de route;
Tu n'es pas le premier qui las de tant souffrir
Pour sa chimère ainsi se soit laissé mourir!...

Un statuaire épris d'une femme de pierre,
Fatiguait vainement les dieux de sa prière;
Il obsédait le temple, il obsédait le ciel;
Il usait à genoux les marches de l'autel,
Il levait des regards pleins de pleurs aux étoiles,
Et quand il écartait les plis pesants des voiles
Qui dérobaient à tous le marbre bien-aimé,

Il retrouvait toujours du marbre inanimé ;
Toujours les mêmes yeux regardaient sans prunelle,
Immobiles et froids, sa douleur éternelle ;
Toujours les mêmes bras se tendant sans désir
Lui donnaient le refus obstiné de saisir,
Et la même hauteur et le même silence
Inexorablement niaient son espérance.

LE STATUAIRE.

Écrasantes douleurs de l'impossible amour,
Hélas ! je vous connais, je vous connais !

LA FEMME.

Un jour,
Elle s'émut enfin, la déesse sans âme ;
Les flammes du baiser en firent une femme.
Le souffle de l'amour, le toucher de l'amant
Si lentement vainqueur triompha brusquement,
Et plus grand, plus heureux du moins que Prométhée,
Pygmalion donna la vie à Galathée.

LE STATUAIRE.

O moment savoureux, indicible, inouï,
Où la lèvre naguère immobile dit : « oui ! »,
O vous, puissant appel d'un rêve qui s'anime,
Attrait fatal des bras ouverts comme un abîme,

Vous avez donc un jour empli l'âme et les yeux
D'un homme chancelant de l'ivresse des dieux!...

LA FEMME.

Tel, cet amant marcha vers la beauté suprême,
Muet, et tout son corps jetait un cri : « Je t'aime! »
La femme n'avait pas quitté son piédestal,
Et quand ce chercheur crut qu'il tenait l'idéal,
Quand il crut, ce mortel, qu'il inventait la vie,
Avant que de sa joie il eût l'âme assouvie,
La femme redevint statue, et, lentement,
Dans ses bras refermés étouffa son amant.

LE STATUAIRE, se jetant aux pieds de la STATUE.

Eh bien! j'accepte. Allons, anime-toi, statue!
Vis, parle, et donne-moi ce grand baiser qui tue!
Vivre après ce moment ne me serait plus rien!
Mourir par toi sera sublime!... Je veux bien!

LA FEMME.

Que parles-tu de mort désirée et sublime?
Que parlais-tu de bras ouverts comme un abîme!
N'es-tu pas mort, dis-moi? ne t'es-tu pas jeté
Dans cet embrassement fatal de la beauté?
Certes! elle n'a pas replié, ta statue,
Ses deux bras frémissants de qui l'étreinte tue!

Elle n'est pas vivante, elle ne vivra pas;
Mais toi, tu l'as si fort serrée entre tes bras
Que t'anéantissant complétement en elle,
Hélas! hélas! ta propre étreinte t'est mortelle.
Tu ne vis plus. Tu n'es qu'une ombre de vivant,
Mort pour tous, mort pour moi, mort pour l'art décevant!

LE STATUAIRE.

Je ne te comprends pas. Quoi! toute ma pensée
Sur le beau rayonnant sans relâche fixée!
Sa clarté réfléchie en mes yeux éperdus;
Quoi! mon cœur pris par lui! mes bras vers lui tendus!
Quoi donc! c'est là la mort! quoi! ce n'est pas la vie!

LA FEMME.

Le souffle créateur t'échappe, âme asservie!
Ce n'est plus l'Idéal...

Montrant la STATUE.

C'est elle qui te plaît.
Elle, fragment chétif, idéal incomplet,
Elle, frêle unité dans le nombre des formes,
Faible nombre, parmi les légions énormes
Des formes de la vie et des choses qui sont!
Tu peux douter, et dans tes mains prendre ton front,
C'est là le vrai, crois-moi...

LE STATUAIRE.

Qui? moi! que je te croie!
Toi qui veux m'enlever mon espoir et ma joie!
M'arracher à l'autel que je tiens embrassé,
Et sur le vide enfin fermer mon bras lassé!

LA FEMME.

Je veux croiser tes bras : ce n'est pas sur le vide!
Et ce que je voudrais prendre à ton cœur avide
C'est la fausse espérance et le bonheur qui ment.
As-tu jamais, dis-moi, vu mes yeux seulement?
Quand j'étais là, debout pour toi, tremblante et nue
Devant toi qui cherchais une forme inconnue
Dans l'argile trop molle ou le marbre trop dur,
As-tu vu dans mes yeux se refléter l'azur,
Et ma douleur frémir en pleurs à ma paupière?
Non! parce qu'impuissant à fixer dans ta pierre
La douleur des regards, comme l'azur des cieux,
Tu n'as pas songé même à regarder mes yeux!
Et pourtant aujourd'hui que voudrais-tu pour elle?
La vie! ainsi tu sens qu'elle en serait plus belle!

LE STATUAIRE, pieusement, à la STATUE.

Oui, j'ai rêvé de voir palpiter ton contour;
D'un vil espoir humain j'ai souillé mon amour,

Et d'effleurer tes pieds mes lèvres sont indignes.
Oh! ne dérange pas la beauté de tes lignes!
De grâce, par pitié, ne me tends pas les bras!
Reste-moi belle ainsi! ne vis pas! ne vis pas!

LA FEMME.

Elle ne vivra pas, artiste, sois tranquille!
Et vous joûrez sans fin votre muette idylle
Pendant que les printemps émus vivront la leur!
Va, reste, si tu veux, ployé dans ton malheur;
Quelque autre m'aimera. Suis-je pas jeune et belle?
Quelque autre à mon amour ne sera pas rebelle,
Avec qui nous irons, entrelaçant nos mains,
Au printemps qui renaît, par les joyeux chemins.
Va! je t'aurais donné la science suprême,
La science des dieux que l'on sait lorsqu'on aime!
Ta pensée eût, plus haut, pris un plus large essor,
Et je t'aurais donné d'autres chefs-d'œuvre encor!

LE STATUAIRE, à lui-même.

D'autres chefs-d'œuvre!

LA FEMME.

Enfant! la vie est si féconde!
En elle, coule à flots la beauté sur le monde :
L'artiste est le voleur divin qui la lui prend;

C'est par elle et non point par soi que l'on est grand !
Homme, triste orgueilleux, souviens-toi que la femme
A le secret profond de raviver ton âme ;
Que rien qu'en dénouant mes cheveux d'or soyeux
Je ferais rayonner des flammes dans tes yeux !
Que, sous ma fraîche peau, la couleur de mes veines
Seule, peut, après tout, rendre tes luttes vaines...
Va, sur ton cœur d'ennuis et de tendresse empli,
J'ai le droit de victoire et j'ai le don d'oubli !...
Mais adieu ! Je renonce à toi.

LE STATUAIRE.

Non ! reste encore !...

LA FEMME.

A part.

Il s'est troublé !

LE STATUAIRE.

Je veux savoir ce que j'ignore ;
Ton secret me tourmente et je veux le savoir.

LA FEMME.

A part. Haut.

Il est à moi ! — Vois donc, vois la splendeur du soir.

Elle l'entraîne vers la terrasse.

Là-bas, à l'occident, vois, vois, que de lumière !
La dernière heure est là, semblable à la première ;

(Puisse aussi pur en toi le vrai jour se lever!)
Quoi! tu ne vins jamais t'accouder et rêver,
A ce moment du soir, devant ce large espace?
Vois ce chevreuil qui court... ce nuage qui passe!
Écoute tous les bruits, vois toutes les clartés!

LE STATUAIRE.

Un trouble naît en moi!

LA FEMME.

Vois, vois, que de beautés!

LE STATUAIRE.

Quels parfums dans le vent! Comme l'ombre s'apprête!
L'air doux fait palpiter mes cheveux sur ma tête!

LA FEMME.

Regarde. Le soleil a disparu; la nuit
S'avance gravement; une étoile la suit,
Deux, trois, et des milliers, — et des milliers encore
Qui font l'obscurité douce comme une aurore.
Les bruyères en fleurs, les cyprès, les roseaux,
Ondulent avec bruit comme les vastes eaux
De la mobile mer qui là-bas se fait sombre;
Voici l'heure des dieux : ils se pressent dans l'ombre;

Ils viennent préparer la moindre éclosion;
Ils viennent présider à la création;
Ils viennent dans le vent, les parfums, la rosée,
Consolant du soleil la poussière embrasée
Ainsi que du réel le travailleur qui dort,
Élaborer la vie au creuset de la mort.
C'est l'heure de l'amour mystérieux; regarde :
Sous ces arbres lointains un couple se hasarde
Sans crainte des sentiers profonds et ténébreux ;
Ils ont senti les dieux cachés passer sur eux,
Et comprenant qu'ils sont aimés par toute chose,
Par la fleur endormie et par l'étoile éclose,
Par la lune qui met sur leurs fronts sa clarté,
Ils marchent, souriants, dans leur nubilité.

LE STATUAIRE.

Je vois. Ils sont heureux : ils vivent dans leur rêve,
Et vers les astres, dans les vents, leur cœur s'élève.
Ils suivent une loi commune à l'univers :
Ils s'aiment. Les ramiers, au fond des myrtes verts,
Les loups dans les forêts, connaissent cette joie.
Moi, j'ai dit, en marchant triste et seul dans ma voie :
« C'est par moi que le Beau resplendit radieux;
Je corrige l'erreur dans l'ouvrage des dieux!... »
Et, leur faisant la guerre avec leurs blocs de marbre,
J'ai laissé frissonner les colombes dans l'arbre.

Les loups dans la forêt, les amoureux aux champs,
Et les arbres, les airs, les flots dire leurs chants.

LA FEMME.

A part.

Il fléchit par degrés. Il m'appartient!

Ici on entend le chant d'une flûte, lointain, mais pur et distinct. Au statuaire :

Écoute!
Un piéton attardé chante en suivant sa route;
Un petit rouge-gorge, en quête d'un buisson,
Une dernière fois dit sa grêle chanson,
Et, noir sur le ciel pourpre, un rossignol prélude;
Une immense rumeur pleine de quiétude
Monte du sein des flots, des forêts et des monts;
Toute cette rumeur immense dit : aimons!
Et les couples dansants des nymphes, des syrènes,
Sur l'humide prairie ou sur les eaux sereines
Tournent au bruit que fait la flûte du pasteur,
La flûte aux sept roseaux d'inégale hauteur;
C'est la flûte de Pan, c'est la flûte champêtre
Qui rappelle le bruit doux et profond de l'Être,
Le bruit de la nature, orgue à mille tuyaux
Qu'emplit le grand dieu Pan de souffles inégaux;
Et voici qu'imitant la nymphe, au clair de lune,
Leste, et d'un pied joyeux, la paysanne brune,
Sur l'aire où tombera demain l'épi de blé,

Danse, lassant un peu le pasteur essoufflé.

Le son de la flûte expire; on entend de joyeux éclats de rire qui s'éparpillent dans la nuit : puis le chœur des jeunes filles s'élève.

CHOEUR DES JEUNES PAYSANNES.

Dansons en chœur, dansons autour de l'aire ronde;
Nous étions au travail dès la pointe du jour;
Les Jeunes Gens m'ont dit que le repos du monde
C'est la nuit et l'amour.

Dansons en chœur, dansons autour de l'aire ronde;
Nous étions au travail dès la pointe du jour;
Les Rossignols m'ont dit que le bonheur du monde
C'est la nuit et l'amour.

Dansons, dansons en chœur autour de l'aire ronde;
Nous étions au travail dès la pointe du jour;
Les Etoiles m'ont dit que la beauté du monde
C'est la nuit et l'amour.

Le chant des jeunes filles s'apaise et meurt.
Un silence.

LE STATUAIRE.

Le frisson de l'azur a passé dans mon être!...

...Ton souffle tout à coup me touche et me pénètre,
Grand dieu que j'ignorais, amour! amour! amour,
Toi qui fais l'ombre plus féconde que le jour!...
Magnifique, la nuit glisse sur la campagne;

Le rhythme universel la berce et l'accompagne
Plus lent que lorsqu'il suit la marche du soleil.
O vie! ô mouvement! ô sommeil, ô réveil,
Je vous comprends soudain, éternelle jeunesse!
Je respire à longs flots un bonheur qui m'oppresse!
O cheveux dénoués! Caresses dans les soirs
Au fond de la forêt, parmi les arbres noirs!
Femme! source d'amour d'où l'idéal ruisselle!
Amour, joie et douleur, ô vie universelle,
Si je vous ai compris, mes chefs-d'œuvre vivront
Sous ce grand ciel lointain que je touche du front!

REPRISE DU CHOEUR, affaibli et lointain.

Les Étoiles m'ont dit que la beauté du monde
C'est la nuit et l'amour.

LE STATUAIRE.

Sur le fin croissant passe un nuage; il fait l'ombre
Plus confuse, et je vois les étoiles sans nombre
Fourmiller comme au ciel dans les flots miroitants
De la mouvante mer et des calmes étangs;
Sous d'obscures clartés, des formes indécises,
Dans la plaine debout, — sur les coteaux assises,
Sont sans doute les bois, les rochers, les maisons.
Les nuances du noir marquent les horizons...

Fixe donc en ton marbre ou fixe sur la toile

Le frisson du bois sombre ou les feux de l'étoile,
Artiste souverain qui fais la guerre aux dieux,
Ou brise enfin l'orgueil de ton cœur envieux!
O nuit sacrée, ô nuit, quel poëte superbe
Répétera la voix du vent qui court dans l'herbe,
Et quel musicien notera les accords
De tes parfums puissants et doux, subtils et forts?

Oh! venez, prenez-moi, parfums inénarrables,
Vierges senteurs des pins résineux, des érables,
Des lianes flottant dans les souffles épars;
Venez à moi parfums et sons, de toutes parts,
Vous par qui les mortels ne sont pas solitaires,
Vous des secrets des dieux profonds dépositaires,
Venez autour de moi, parlez tous à la fois
Parfum du feu, parfum des eaux, parfum des bois,
Emportez-moi bien haut, sur vos vibrantes ailes,
Jusqu'au rêve parfait des formes les plus belles,
Vous, les inspirateurs éternels de l'amour!

LA FEMME, respectueuse avec amour, et inclinée.

Maître, vous dominez enfin, à votre tour!

LE STATUAIRE, l'entourant de ses bras.

Femme, dans tes yeux purs resplendit ta prunelle,

Comme l'étoile d'or dans la nuit solennelle;
Je t'aime, car c'est toi l'âme de la Beauté!

La femme et le statuaire se tiennent embrassés. En ce moment, la lumière douce de la lune les enveloppe. Le groupe amoureux apparaît encadré par la haute architecture des pleins-cintres, qui laissent voir la nuit immense et pâlissante, la silhouette des collines baignées par la mer, et la traînée miroitante du reflet lunaire sur les eaux sans fond.

LA FEMME, dans les bras du statuaire, se détournant à demi et montrant la STATUE.

Regarde : ...Elle sourit avec sérénité.

Le rideau tombe.

Sainte-Trinide, en Provence, août 1869.

Imprimé

LE 28 MAI MIL HUIT CENT SOIXANTE-DOUZE,

PAR J. CLAYE

POUR A. LEMERRE, LIBRAIRE

A PARIS

www.ingramcontent.com/pod-product-compliance
Lightning Source LLC
LaVergne TN
LVHW052018160826
845678LV00003B/1105

* 9 7 8 2 3 2 9 6 5 2 0 7 8 *